HEYNE <

AF637989

Das Buch

Es ist wohl ein besonders schwerer Fall von Frühjahrsmüdigkeit, der Olaf schlapp zuhause rumhängen lässt. Er hat zu nichts recht Lust und schmollt in den Tag hinein. Erst sein Freund, der Weihnachtsmann, weckt ihn aus seiner Lethargie: »Hier, schau mal in der Zeitung. Kreuzworträtsel! Preisausschreiben!« Der Hauptgewinn ist ein fliegender Teppich und siehe da: Vier Wochen später sitzt Olaf in der Stube auf dem Teppich und wartet auf den Abflug. Aber welchen Zauberspruch sie auch ausprobieren, der Teppich will nicht abheben. So endet der Teppich als schöner Bettvorleger, doch Olafs Ehrgeiz beim Fliegen ist erweckt und so sucht er nach anderen Möglichkeiten, durch die Lüfte zu schweben.

»Ein schmales Bändchen mit einem leisen Humor und geeignet für alle, die sich vom Glauben an den Weihnachtsmann gerade verabschieden, aber den Traum vom Fliegen nicht lassen wollen.«
Frankfurter Rundschau

Der Autor

Volker Kriegel, geboren am Heiligen Abend 1943 in Darmstadt, wurde vor allem als Jazzmusiker bekannt. In den letzten Jahren trat er auch als Dickens-Übersetzer, Flaubert-Spezialist, Autor, Dokumentarfilmer und vor allem als begnadeter Illustrator hervor. Die Illustrationen zu Roger Willemsens *Karneval der Tiere* sind seine letzte vollständige Arbeit vor seinem unerwarteten Tod 2003.

VOLKER KRIEGEL

Olaf hebt ab

WILHELM HEYNE VERLAG
MÜNCHEN

MIX
Papier aus verantwortungsvollen Quellen
FSC® C010328
FSC www.fsc.org

Verlagsgruppe Random House FSC®N001967

2. Auflage

Deutsche Taschenbuchausgabe 11/2010
Copyright © 2002 by Eichborn AG, Frankfurt am Main
Zuerst veröffentlicht im Haffmans Verlag, Zürich
Copyright © 2010 dieser Ausgabe by
Wilhelm Heyne Verlag, München
in der Verlagsgruppe Random House GmbH
Neumarkter Straße 28, 81673 München
Printed in Hungary
Umschlaggestaltung und Motiv: Hauptmann & Kompanie
Werbeagentur, Zürich unter Verwendung
einer Illustration von © Volker Kriegel
Druck und Bindung: Alföldi, Nyomda Zrt., Debrecen
ISBN: 978-3-453-40838-8

www.heyne.de

Schwer zu sagen, warum sich Olaf so schrecklich langweilte. Die Tage wurden wärmer, draußen blühten schon die ersten Krokusse, aber Olaf hing nur noch schlapp zu Hause herum. Dabei hatten sich Olaf und der Weihnachtsmann nach dem langen Winter so sehr auf die ersten Sonnenstrahlen gefreut, auf schöne Ausflüge und auf gemeinsame Unternehmungen.

Und nun war mit Olaf überhaupt nichts mehr los.

Er hatte keine Lust auf Federball.

Er hatte erst recht keine Lust auf Mau-Mau.

Das Autofahrer-Erschrecken fand er auf einmal
ziemlich doof.

Olaf hatte noch nicht einmal Appetit auf sein
Lieblingsessen, Pilze mit Heidelbeeren.

Es wird wohl ein besonders schwerer Fall von Frühjahrsmüdigkeit sein, dachte der Weihnachtsmann.

»He, Olaf, aufwachen!« rief der Weihnachtsmann, als er eines Tages aus der Stadt zurückkam. »Ich habe dir was mitgebracht. Hier, schau mal in die Zeitung. Kreuzworträtsel! Preisausschreiben! Du mußt nur deinen Grips ein bißchen anstrengen. Vielleicht gewinnst du den Hauptgewinn!«

»Was kann man da schon gewinnen«, maulte Olaf.

»Einen fliegenden Teppich«, sagte der Weihnachtsmann.

Olaf richtete sich auf. »Tatsächlich?« fragte er. »Gib mal die Zeitung rüber.«

Vier Wochen später brachte der Postbote ein großes, längliches Paket ins Haus. Das wird eine verspätete Reklamation sein, dachte Olaf. Irgendein Kind hatte wieder mal etwas an seinem Weihnachtsgeschenk herumzumäkeln. Wie langweilig.

Olaf machte sich ans Auspacken. Er fand einen Teppich mit orientalischem Muster und einen großen Briefumschlag mit arabischen Schriftzeichen.

»Wahnsinn!« jubelte Olaf, »das darf doch nicht wahr sein!«

Der Weihnachtsmann steckte den Kopf zur Tür herein. Er sah seinen Freund mitten in der Stube auf einem Teppich sitzen.

»Der fliegende Teppich!« rief Olaf, »ich hab den fliegenden Teppich gewonnen! Juchuuh!«

»Ich halt's im Kopf nicht aus«, sagte der Weihnachtsmann und klatschte in die Hände, »Dann können wir ja endlich mal einen Ausflug machen.«

Die beiden Freunde brachten den Teppich nach draußen und legten ihn auf die Wiese hinter dem Haus.

»So«, sagte Olaf, »das dürfte die Gebrauchsanweisung sein.« Er öffnete den Umschlag mit den fremdartigen Schriftzeichen, holte ein dünnes Heft heraus und warf einen Blick hinein.

»Das ist ja alles arabisch«, sagte Olaf, »ich verstehe kein einziges Wort.«

»Zeig her«, sagte der Weihnachtsmann und nahm die Broschüre, »tatsächlich. Alles arabisch. Hhm. Und was machen wir jetzt? – Moment, halt! Hier hinten steht noch etwas. Das ist nicht arabisch. Schau selbst!«

Ganz unten auf der Rückseite des Heftchens war zu lesen

www.simsalabim.abheb.flieg@gaga.mega.flop

»Das muß der Zauberspruch sein«, sagte Olaf. »Komm, wir probieren es aus. Weißt du, wie man das @ ausspricht?«

»Eigentlich heißt es *ät*«, sagte der Weihnachtsmann, »wie das Wort *at*. Englisch für *bei*, verstehst du. Aber das sagt niemand. Jeder sagt *Affenschwanz*.«

Die beiden Freunde setzten sich auf den Teppich und sagten laut: »Wehwehweh, *Punkt*, simsalabim, *Punkt*, abheb, *Punkt*, flieg – *Affenschwanz* – gaga, *Punkt*, mega, *Punkt*, flop.«

Nichts rührte sich.

»Nochmal«, sagte Olaf, »vielleicht muß man nicht *Punkt* sagen, sondern *dot*. Englisch, verstehst du.«

»Aha«, sagte der Weihnachtsmann, »der Herr Elch spricht Sprachen. Aber bitte, warum nicht.«

Zusammen riefen sie: „»Wehwehweh, *dot*, simsalabim, *dot*, abheb, *dot*, flieg – *Affenschwanz* – gaga, *dot*, mega, *dot*, flop.«

Nichts rührte sich.

»Nein«, sagte Olaf enttäuscht, »so geht es auch nicht.«

»Weißt du was«, sagte der Weihnachtsmann, »ich glaube, das ist überhaupt kein Zauberspruch. Die ganze Sache funktioniert nicht. Da hat uns jemand auf den Arm genommen. Es gibt nämlich überhaupt keine fliegenden Teppiche.«

Olaf kratzte sich am Kopf.

»Nimm's nicht so schwer, alter Freund«, fügte der Weihnachtsmann hinzu, »immerhin hast du jetzt einen schönen Bettvorleger.«

Der Gedanke ans Fliegen ließ Olaf nicht mehr los. Klar, die Sache mit dem Teppich war ein Reinfall gewesen, aber vielleicht gab es ja irgendeine andere Möglichkeit, durch die Lüfte zu schweben.

Im Fernsehen hatte Olaf einmal einen Film über Drachenfliegen gesehen. Das stellte er sich wunderbar vor. Aber zum Drachenfliegen braucht man hohe Berge. Ohne Berge gibt es keine Aufwinde, also auch kein Drachenfliegen. Wo Olaf wohnte, konnte man bis zum Horizont sehen. Gewiß, es gab ein paar sanfte Hügel, es gab auch ein paar Abhänge, die man im Winter hinunterrodeln konnte. Aber zum Drachenfliegen war das nicht die richtige Gegend.

Manchmal, wenn er ganz alleine war, hüpfte Olaf einen Hang hinunter und stellte sich vor, er könnte seine riesigen Geweihschaufeln als Tragflächen benutzen. Leider war die eine Schaufel im letzten Jahr abgebrochen, als er den großen Krach mit den Bären hatte, aber sie ließ sich behelfsmäßig an der alten Stelle festbinden.

Olaf ahnte, daß sein Geweih als Tragfläche nicht wirklich taugte. Wenn er schnell genug den Hang hinunterrannte, meinte er zwar ein wenig Auftrieb zu spüren. Aber es war nicht genug. Man müßte zusätzlich ein Paar Flügel haben, dachte Olaf. Ja! Warum nicht? Was sprach eigentlich dagegen, ein Paar Flügel zum Anschnallen zu bauen? Auch ein gewisser Otto Lilienthal war auf diese Weise schon mal in die Luft gegangen. Und der hatte, im Gegensatz zu Olaf, noch nicht einmal ein Geweih.

Olaf ging an die Arbeit. Nach alten Fotovorlagen baute er sich ein Paar Flügel und unternahm die ersten Flugversuche.

Beinahe jeden Tag konnte man ihn mit ausgebreiteten Flügeln den Hang hinunterrennen sehen.

Die Sache sprach sich rasch herum, und bei schönem Wetter stellte sich nachmittags ein kleiner Kreis von fachkundigen Zuschauern ein. Die beiden Bären gehörten dazu, auch Olafs Tante kam häufig vorbei, ferner ein blindes Schneehuhn und ein älterer Schlittenhund. Der Weihnachtsmann war ohnehin immer dabei, denn er half Olaf beim Anschnallen der Tragflächen und führte Protokoll über die einzelnen Flugversuche.

Leider gelang es Olaf nur sehr selten, weiter als etwa zehn bis zwölf Meter zu fliegen. Häufig stürzte er und zog sich schmerzhafte Verstauchungen zu. Auch gingen die Flügel öfters zu Bruch, und Olaf mußte sie in mühsamer Arbeit reparieren.

Nun gehörte Olaf allerdings nicht zu den Typen, die sich schell entmutigen lassen. Immer wieder dachte er sich neue Flügelkonstruktionen aus. Immer wieder startete er seine Versuche – vergebens.

Der Sommer ging vorüber, ohne daß Olaf auch nur einmal richtig abgehoben wäre.

»Hör mal zu«, sagte der Weihnachtsmann eines Tages, als sie wieder einmal mit zerbrochenem Fluggerät nach Hause gekommen waren, »vielleicht bist du ja doch nicht der geborene Flieger. Sei mir nicht böse, aber vielleicht sind Elche einfach nicht richtig geeignet zum Fliegen. Verstehst du, ich meine, mit einem Flugzeug fliegen, okay, das ist was anderes. Oder mit einem Fesselballon. Aber von ganz allein, mit eigener Kraft, dafür sind Elche ... tja, wie soll ich sagen, dafür sind Elche ... einfach zu schwer. Verstehst du. Wenn ich dir einen Rat geben darf – vergiß es.«

»Ich hätte es so gerne geschafft«, sagte Olaf, »wenigstens ein einziges Mal.«

Eines Tages im Frühherbst ging Olaf spazieren und überlegte, was wohl schöner wäre: selber zu fliegen wie ein großer Vogel mit Elchgeweih – oder als tollkühner Pilot eine Maschine durch die Wolken zu steuern. Er sah sich gewagte Loopings drehen, er hörte ganz deutlich ein kerniges dunkles Brummen wie von einem gewaltigen Flugzeugmotor, das Brummen wurde immer lauter – *um Himmels willen!* dachte Olaf mit jähem Erschrecken, *das ist kein Flugzeug!* – Er drehte sich um und sah einen riesigen Eisbären auf sich zukommen. Das muß er sein, konnte Olaf gerade noch denken, das ist er, der blutrünstige, grausame, gnadenlose Killer, *DER SCHRECKEN DES POLARKREISES,* von dem die alten Elche in langen Winternächten mit angstgeweiteten Augen erzählt hatten.

Dann dachte Olaf überhaupt nichts mehr, sondern er rannte los. Olaf rannte schneller, als er jemals zuvor in seinem Leben gerannt war. Er achtete nicht auf Büsche, Äste oder umgekippte Baumstämme, er wußte nicht, in welche Richtung er rannte, er schaute nicht nach links oder rechts – er wollte nur weg. *Schnell weg! Schneller!* – Olaf merkte noch nicht einmal, daß er direkt auf die große Erdspalte zurannte, die überall in der Gegend unter dem Namen Bärenschlucht bekannt war. Und als er es im letzten Moment dann doch merkte, war ohnehin alles zu spät. Ohne auch nur eine Sekunde zu zögern, beschleunigte Olaf den Anlauf, stieß sich am Rand der Schlucht mit seiner abgebrochenen Schaufel kraftvoll ab und sprang, ja flog in einem weiten eleganten Bogen über den Abgrund.

Es war ein unglaublicher Sprung, ein grandioser Flug geradezu, der die Gesetze der Schwerkraft für eine kleine Ewigkeit außer Kraft setzte.

Die Landung war unsanft und schmerzhaft, aber Olaf rappelte sich sofort wieder hoch. Drüben auf der anderen Seite des Grabens stand der Killerbär und brüllte vor Wut. Schließlich ging er fluchend davon.

»Na, Olaf, Ärger gehabt?« fragte der Weihnachtsmann, als Olaf spätabends nach Hause kam.

»Nein. Das heißt ja«, sagte Olaf, »aber was viel Wichtigeres ist passiert. Ich bin heute über die Bärenschlucht geflogen. Von ganz alleine.«

»Alles klar«, sagte der Weihnachtsmann und ging zum Ofen. »Du kannst fliegen und ich bin der Mann im Mond. Hier, Olaf, ich habe dir einen Teller Pilze mit Heidelbeeren aufgehoben. Und wenn du gegessen hast, spielen wir noch eine Runde Mau-Mau.«

»Tut mir leid«, sagte Olaf. »Ich muß sofort ins Bett. Ich bin fix und fertig.«

Am nächsten Morgen versuchte Olaf noch einmal, dem Weihnachtsmann die Begegnung mit dem Killerbären und den Flug über die Schlucht zu schildern. »Und als sich plötzlich der Abgrund vor mir auftat, da dachte ich, jetzt fliegst du ab, jetzt oder nie ...« sagte Olaf gerade, als der Weihnachtsmann plötzlich auf die Uhr blickte, vom Frühstückstisch aufstand und sich mit den Worten verabschiedete: »Genau. Jetzt oder nie. Olaf, ich mach die Fliege. Tschüs. Bis heute abend.«

Es war die schlimmste Erfahrung, die Olaf jemals gemacht hatte: man glaubte ihm nicht. Und das allerschlimmste war, daß Olaf diese Erfahrung in den nächsten Tagen immer wieder aufs neue machen mußte. Niemand wollte im glauben, daß er wirklich geflogen war.

»Wer's glaubt, wird selig.«

»Hast du mal Fieber gemessen?«

»Was du nicht sagst! Hätte ich gerne mit eigenen Augen gesehen!«

»Irre Story. Du solltest Schriftsteller werden, Olaf.«

Olaf war beleidigt.

»Paß auf«, sagte er zu dem Weihnachtsmann, »wenn ihr mir nicht glaubt, daß ich über die Schlucht geflogen bin, dann werde ich es euch beweisen. Am nächsten Sonntag fliege ich nochmal.«

»Na komm, Olaf, das ist doch nicht nötig«, sagte der Weihnachtsmann. »Jetzt beruhige dich mal wieder und iß deine Pilze.«

»Nein, es ist mir ernst«, sagte Olaf.

»Wie du willst«, seufzte der Weihnachtsmann. »Du mußt wissen, was du tust.«

Am Sonntag herrschte ideales Flugwetter: wolkenloser klarer Himmel, Sonnenschein, angenehme Spätsommertemperatur, Windstärke null. Olafs Flugversuch war für elf Uhr vormittags angekündigt, aber schon eine gute Stunde vorher versammelten sich die Zuschauer am Rande der Schlucht.

Die beiden Bären waren als erste zur Stelle und nutzten die Gelegenheit für ein kleines Sektfrühstück. Olafs Tante hatte ihren Lieblingssessel und ihr Opernglas mitgebracht. Der Schlittenhund mußte dem blinden Schneehuhn hoch und heilig versprechen, einen lückenlosen Bericht über sämtliche Ereignisse abzuliefern. Eine Live-Reportage gewissermaßen. »Geht in Ordnung«, sagte der Schlittenhund, »keine Sorge.« Auch die Presse hatte von Olafs Flugversuch Wind bekommen. Die *Polar-Rundschau* war mit einem Reporter und einem Fotografen vor Ort.

Um viertel vor elf wurde es spannend. Drüben auf der anderen Seite der Schlucht lief sich Olaf ein bißchen warm. Der Weihnachtsmann überprüfte noch einmal die Anlaufstrecke und die Markierung für den Absprung.

Endlich war es soweit. Der Weihnachtsmann hob die Arme, bat um Ruhe und rief laut über die Schlucht: »Meine Damen und Herren, liebe Freunde! Sie werden in wenigen Minuten Zeuge eines ungewöhnlichen, ja sensationellen Ereignisses sein. Sie werden erleben, daß ein ausgewachsener Elch diese Schlucht im Fluge überquert! Nicht irgendein Elch, sondern unser Freund Olaf! Ich bitte um Applaus!«

Die Zuschauer klatschten. Der Weihnachtsmann hob noch einmal die Arme und rief: »Und nun bitte ich um absolute Ruhe!«

Olaf trat nach vorne zur Absprungmarke. Dann drehte er sich um und ging fünfzig Schritte vom Rande der Schlucht zurück. Der Weihnachtsmann zählte laut mit. Genau nach fünfzig Schritten drehte sich Olaf um, packte seine abgebrochene Geweihschaufel mit beiden Händen und hielt sie in Laufrichtung, so wie es die Stabhochspringer mit ihrem Stab machen. Dann setzte Olaf den rechten Fuß ein kleines Stück nach hinten, wippte ein paarmal vor und zurück und rannte endlich los.

»Soeben hat sich Olaf in Bewegung gesetzt«, rief der Schlittenhund ins Ohr des Schneehuhns. »Schon nach wenigen Schritten hat er eine unglaubliche Geschwindigkeit erreicht. Jetzt hat er bereits die Hälfte der Anlaufstrecke hinter sich. Und er wird sogar noch schneller!«

Die Bären johlten und pfiffen.

Auch die Tante kreischte plötzlich mit hoher Stimme: »Oolaaaaf!«

»Was macht er jetzt?« schrie das Schneehuhn.

»Unglaublich«, rief der Schlittenhund mit überschlagender Stimme, »aber es gelingt ihm, das Tempo auf den letzten Metern noch einmal zu steigern. Gleich hat er den Rand der Schlucht erreicht. Jetzt senkt er die Sprungschaufel auf die Absprungmarke und stößt sich ab – jaaa! Er fliegt! Jaaa! Er fliegt tatsächlich in einem hohen Bogen – und fliegt – obwohl – nein! – Neiiin!«

»Was ist?« schrie das Huhn. »Was ist los, verdammt nochmal? – Sag doch was!«

Als Olaf aufwachte, lag er in seinem Bett und konnte sich nicht bewegen. Sein rechtes Bein steckte in einem dicken Gipsverband, ebenso sein linker Arm.

Neben dem Bett saß der Weihnachtsmann und sagte: »Na, mein Lieber, wie fühlen wir uns denn?«

»Was ist passiert?« fragte Olaf. Das Sprechen tat ziemlich weh.

»Du warst super«, sagte der Weihnachtsmann, »nur die Schlucht war zu breit. Beinahe wärst du drüben gewesen, aber leider nur beinahe. Du bist in die Schlucht gefallen, Olaf. Aber du hast nochmal Glück gehabt. Deine Geweihschaufel ist noch dran. Okay, das Bein ist gebrochen, und der Arm auch, aber das wird wieder, keine Sorge. Und von der Rippenprellung wirst du schon bald nichts mehr spüren, sagt der Arzt. Vier, fünf Wochen mußt du im Bett bleiben. Höchstens.«

»Dabei hatte ich es doch schon mal geschafft«, sagte Olaf leise. Diesmal tat es sehr weh.

»Der Arzt hat strengste Bettruhe verordnet«, sagte der Weihnachtsmann. »Viel Schlaf, wenig Aufregung. Schön die Klappe halten, Olaf. Du wirst sehen: bald bist du wieder der Alte. Hast du Lust auf Pilze mit Heidelbeeren?«

»Vielleicht später«, sagte Olaf, »vielen Dank.«

Manchmal träumte Olaf vom schwerelosen Gleiten durch die Lüfte. Hoch über der Bärenschlucht drehte er seine Kreise, unten sah er den Weihnachtsmann, seine Tante und die Bären, die ihm begeistert zuwinkten. Manchmal schreckte Olaf schweißgebadet aus seinen Träumen hoch, weil er meinte, das gräßliche Brummen des Killer-Eisbärs gehört zu haben. Erleichtert stellte er jedesmal fest, das die Geräusche aus dem Schuppen kamen, wo der Weihnachtsmann seit Wochen irgendwelchen geheimnisvollen Tätigkeiten nachging. »Och, nichts Besonderes, ich repariere den Lastwagen«, sagte der Weihnachtsmann, als Olaf einmal fragte, was das denn für merkwürdige Geräusche seien.

Schon bald trafen die ersten Besucher am Krankenlager ein.

»Na ja, kleine Formschwäche. War nicht dein Tag, Alter.«

»Mein Junge, was machst du nur für Dummheiten!«

»Wenn ich die Sache richtig sehe, mußt du noch ein bißchen an der Technik arbeiten.«

Es kamen viele Briefe und Telegramme für Olaf. Die meisten enthielten Genesungswünsche und tröstlichen Zuspruch. Die *Polar-Rundschau* brachte einen groß aufgemachten Artikel mit der Überschrift *Wagemutiger Flugpionier tragisch verunglückt.* Gelegentlich mußte Olaf auch Spott und kritische Kommentare wegstecken. »Haarscharf daneben ist auch vorbei«, stand in einem Telegramm ohne Absender, das an *Herrn Olaf Lilienthal* adressiert war. »Mach dir nichts daraus, Olaf«, sagte der Weihnachtsmann. »Hauptsache, du wirst wieder gesund.«

Eines Tages war es soweit.

Olaf durfte zum ersten Mal aufstehen. Morgens nach dem Frühstück war der Arzt dagewesen und hatte die Gipsverbände entfernt. Alles war bestens verheilt, und der Arzt hatte sich mit den Worten »Na hoffentlich sehen wir uns so bald nicht wieder« von Olaf verabschiedet. Dem Weihnachtsmann hatte er noch aus dem Auto zugerufen: »An Ihnen ist eine Oberschwester verlorengegangen!«

Kaum war das Auto des Arztes hinter dem Hügel verschwunden, da sagte der Weihnachtsmann: »Du, Olaf, wie wär's, wenn wir mal ein bißchen an die Luft gingen?«

»Gern«, sagte Olaf. »Ich war lange genug im Bett.«

Die beiden Freunde traten vors Haus, und Olaf ließ sich vom Weihnachtsmann zum Schuppen führen. Der Weihnachtsmann sagte: »So, Olaf, du machst jetzt die Augen zu, bis ich *jetzt* sage. Nicht erschrecken, wenn es etwas laut wird.«

Olaf legte die Hand vor die Augen. Er hörte, wie die Tür des Schuppens geöffnet wurde. Dann ertönte ein ohrenbetäubendes, explosionsartiges Motorengeräusch. Es ratterte, brummte und krachte, dann schrie der Weihnachtsmann durch den Lärm: »Jetzt!«

Olaf nahm die Hand von den Augen und hatte eine Erscheinung. Er sah den Weihnachtsmann freudestrahlend neben einem altmodischen Flugzeug stehen.

»Da staunst du, was?« schrie der Weihnachtsmann, »ich habe den Motor von unserm Lastwagen in diesen Flieger eingebaut. Los, komm jetzt, wir fliegen eine Runde!«

Olaf schluckte. Dann beugte er sich zum Ohr des Weihnachtsmannes.

»Nur, wenn du mir glaubst, daß ich damals von ganz alleine über die Bärenschlucht geflogen bin.«

»Okay, Olaf. Alles klar. Los, steig ein.«

Lassen Sie sich »Olaf« doch mal von Dirk Bach vorlesen!

Volker Kriegel
Olaf, der Elch
ISBN 978-3-8218-5362-8
Olaf taucht ab
ISBN 978-3-8218-5372-7

Jeweils eine CD, 40 bzw. 78 Minuten
Sprecher: Dirk Bach
Musik: Rainer Oleak
€ 14,95 (D) · sFr 26,90

»Neben Dirk Bachs zart ironischer, doch einfühlsamer Deklamation gefallen die beschwingten Melodien des bekannten Filmmusikers Rainer Oleak«, meinte *Die Welt*. Illustrationen und Texte von Volker Kriegel im Booklet machen die CDs aber nicht nur zu einem Hörvergnügen.

Eichborn LIDO
www.eichborn-lido.de